Das Buch

Günter Kunert veröffentlichte 1950 seinen ersten Gedichtband in der damaligen DDR. 1979 ging er in den Westen. Die über hundert Gedichte von »Stilleben«, die 1983 im Carl Hanser Verlag erschienen, sind ein Resümee seiner Erfahrungen mit dem anderen Teil Deutschlands, seiner Staatsbürokratie, dem neuen Leben und der langsam wachsenden Einsicht, daß unsere gesamte Welt bedroht ist. »In dem Maß, in dem Gegenwart und Zukunft nur noch als Vernichtung, Vergessen und Zufall konstruiert werden können, wird der Einzelne hoffnungslos auf sich selbst zurückgeworfen; in dem Maß, in dem er seine Träume aufgibt und fahrenläßt, wird er sich selbst rätselhaft und dunkel. Dem entspricht auf der formalen Ebene ein spröder lyrischer Lakonismus.« (Karl Riha)

»Die hier beschriebene Hoffnungslosigkeit lähmt nicht, sondern gibt Kraft, und wenn es auch nur die ist, in Zweieinigkeit durch die hereinbrechende Finsternis zu gehen.« (Süddeutsche Zeitung)

Der Autor

Günter Kunert, 1929 in Berlin geboren, lebt heute bei Itzehoe. Studium an der Akademie für angewandte Kunst in Berlin-Weißensee. 1950 erschien sein erster Gedichtband ›Wegschilder und Mauerinschriften‹. Es folgten ›Unter diesem Himmel‹ (Gedichte, 1955); ›Tagwerke. Gedichte und Balladen‹ (1960) sowie ›Das kreuzbrave Liederbuch‹ (1961). 1976 ernannte ihn die Westberliner Akademie der Künste zu ihrem Mitglied. Nach seinem Austritt aus der SED ging Kunert 1979 endgültig in den Westen. Werke in Auswahl: ›Erinnerung an einen Planeten‹ (Gedichte, 1963); ›Die Beerdigung findet in aller Stille statt‹ (Erzählungen, 1968) dtv 10262; ›Unterwegs nach Utopia‹ (Gedichte, 1977); ›Verlangen nach Bomarzo‹ (Gedichte, 1978); ›Verspätete Monologe‹ (Prosa, 1981) dtv 10224; ›Diesseits des Erinnerns‹ (Aufsätze, 1982) dtv 10438; ›Zurück ins Paradies‹ (Geschichten, 1984) dtv 10701; ›Freund daheim‹ (1990).

studio dtv

Günter Kunert:
Stilleben
Gedichte

Mit einem Nachwort von
Karl Riha

Deutscher
Taschenbuch
Verlag

dtv

April 1992
Deutscher Taschenbuch Verlag GmbH & Co. KG,
München

Fotonachweis: © Katja Rehfeld, Hanser Archiv
Umschlaggestaltung: Christoph Krämer
Gesamtherstellung: C. H. Beck'sche Buchdruckerei,
Nördlingen
Printed in Germany. ISBN 3-423-19010-8

Inhalt

Widmungsgedicht für M.

Die Nächte dunkeln und die Schatten
vermischen sich und geben endlich Ruh.
Nach manchen Träumen, die wir früher hatten
nur Finsternis und ich und du.

Zweieinigkeit steht über uns geschrieben –
dabei ist keine Spur von Blasphemie:
Mehr ist von allem andern nicht geblieben
und schließlich überdauert auch bloß sie.

I. Auf dem Lande

Leichter Nachmittag

Wie Fels im Felsen ist die Stille,
der See von Plagen ohne einen Hauch.
Nach Zukunft schaut nicht Wunsch noch Wille,
wo Schweigen lebt, da lebst du auch:

Wie unverhofft hat es durchdrungen
dich und die Weite ringsumher:
Als habest du dich aufgeschwungen
und triebst davon, die Flügel schwer.

Entrückt

Die alte Sehnsucht nach Welt
ist erloschen. Denn jetzt
bin ich bei dir: Du mißt
fünftausend grüne Meter
im Quadrat und bist
bewohnt von Vogelscharen
Maulwürfen Mäusen und anderen
die nachts nur umgehen:
tröstliche Gespenster
meine neuen Herren
nachdem ich die alten aufgab
und üben eine lässige Herrschaft.
Meinem Leid aber
habe ich treu gedient
so daß es mir einmal Flügel verlieh
glänzend und gebrechlich
wie von einer Libelle
deren Wiederkunft man
umsonst hier erwartet.

Auf dem Lande

Noch in der Dämmerung fliegen
die Vögel umher
als glaubten sie nicht
an die Nacht

Kein Luftzug kein Windhauch
Niemand ist bei uns
geblieben
obwohl es Abend werden will: Der
aller Tage

Erinnerungen
verwunden dein Gedächtnis
und färben die Träume
blutig

Gestern das Foto
in der Zeitung: Die Höhle
der Cumäischen Sybille
leer:
Es gibt nichts mehr
zu künden.

Sommermittag

Auf diesem verfilzten Grase
auf der Seite liegend:
Alles still
unter dem Boden
Aus dieser Stille kommen wir
und wollen doch niemals zurück
Unvorstellbar
daß die zarte Bewegung deiner Hand
deines Kopfes deines Mundes
dieser Kuß
flüchtig wie alle davor und danach
aus Lehm und Ton sich bildet
aus Mergel und Sand

Auf dem verfilzten Gras
auf der Seite liegend
habe ich solche Fragen gestellt
die schon die Antworten sind

Ungetrost

Die Last eines welken Blattes
auf deiner Brust: Ein Erinnern
an jemand der dich verließ
um nur in Träumen wiederzukehren.
Immer erscheinen die Geister
ungerufen. Ihre Hände wie Luft
ihre Bedeutung nicht zu verstehen.
Selbst der Schmerz des Körpers
ist wirklicher
obwohl er unvorstellbar bleibt.
Alles
was gewesen ist verweigert sich
dem Wunsch
es sei nie geschehen
oder stünde erst bevor: Als Glück
aber diesmal –

Das Fundament

Sonne. Die Quelle. Photonen.
Langsam leben wir auf.
Wo wir auch immer wohnen,
sie bestimmt stets den Lauf

unseres verdämmerten Lebens
und streichelt zugleich unsre Haut:
An ihrem Leuchten vergebens
haben wir uns erbaut.

Durchstrahlend maßlose Räume:
Für niemanden sonst ein Fest
als für unsre ärmlichen Träume,
die wer uns träumen läßt:

Daß sie nämlich gezündet
für uns bloß ganz allein.
Wir haben es selber ergründet:
Es muß die Wahrheit sein.

So sind wir mit ihr eines
und können nicht untergehn.
Die Wahrheit des schönen Scheines
bleibt unberührt bestehn.

Wohnen auf dem Lande

Über die Natur gibt es ja
nicht mehr viel zu sagen:
Jeden Morgen um neun
erscheinen drei Rehe
in Blickweite: Eine Weile
sehe ich ihnen durchs Fenster zu
bevor ich abschalte

Mutation

Steine wachsen aus der Erde
wo eben noch Brot keimte
Wälder atmeten
wo der einsame Falter seinesgleichen
suchend über das Gras strich:
Steine und immer mehr

Kein Erinnern
an die schlaftiefen Schatten
an die Gnade der Blätter
unbemerkt ihr Verschwinden
ihr Nachlass:
Ein fahles Reich aus Sand

Immer mehr erheben
ihre Schädel ohne Gesicht
aus diesem Boden
solche wie wir

Idylle

Ein Kreis von Federn gibt zu wissen
hier bei den Bäumen sei es dann geschehen:
Als Beute eingefangen und zerrissen
was du vordem im Flug gesehen.

Was so geendet das verdient Bedauern
weil es auf eine Weise doch betrogen:
Du ahnst auch über dir das Lauern
von Schatten – eh du selbst verflogen.

Unter allen Wipfeln

In den Wäldern
verliert man sich nicht
angewurzelt wie alle

Neben dir bist immer
nur du und du

Um die Füße etwas Moos
wegen der kühlen Tage

Zum Verwechseln
oder so ähnlich
sieht man sich hier

Wenig Hoffnung

Stille
die alles und alle überkommt
Maschinen stellen sie her
lautlose Schwungräder
Kolben die kein Geräusch bereiten
Aus weit offenen Luken strömt sie
ohne merkliches Anzeichen
Der Schrei des Neugeborenen
erreicht die Mutter nicht mehr
Die Salven der Erschießungskommandos
werden so unvernehmlich wie
die nächtlichen Rufe von Tieren
vor deiner Tür

Stille

Die Hand hinter dem Ohr
eine seltsame Silhouette
vor dem Abendhimmel
so stehst du vor der Stille
Deine Frage endet halbgesprochen
und ohne Antwort ob jemals
wieder nach alter Weise
die Erde töne

Von Sommertagen

Du begegnest dem eigenen Körper
den Weichteilen Fett und Sehnen
und Schweiß und anderem
das die Schöpfung krönt
selten:
Fremd bist du dir
nur vom Sehen bekannt
Dich umarmt die Luft
ohne daß du es ahnst
das Licht treibt dich hervor
aus dem immerwährenden Dunkel
deiner Gedanken
Deine Hand
gleitet über die Haut
Äonen fühlen sich so an
zart und empfindlich
am Ende der Evolution:

Ausgesetzte Fehlgeburt
verwaist von Grund auf
ohne Glauben
an deine Notwendigkeit

Verheißung

Die Regen strömen und die Bäume
sterben. Und Vogelschwärme ziehen fort.
Herbst nistet früh an solchem Ort
und offeriert ein paar verwelkte Träume.

Das Gras hält keine deiner Spuren
lange. Und folgt beharrlich dir durch Raum
und Zeit. Am Horizont wirkt gelber Schaum
als wenn die Wolken längst vondannen fuhren.

Sprich leiser, daß nicht deine Reden
sofort verfliegen als ein kalter Hauch.
An irgendeinem Abend merkst du auch:
Nacht kommt genug: Es reicht für jeden.

Nature Morte

Fade Wiederholung:
Dieser Abend eines vorigen und
vorvorigen. Wieder täuscht Ruhe
Frieden vor. Die völlige Reglosigkeit
der Bäume vorm Fenster verspricht
dir Dauer.
Aber am Horizont
die Bläue und das bläßliche Gold
das ist der ganze Gewinn.

Am Ende sind die Taschen leer
wie am Anfang. Und
über das Fensterbrett zieht
das apokalyptische Heer der Ameisen schon.
Die nächsten Herren der Erde marschieren
in gleicher Gedächtnislosigkeit
auf deinen Spuren voran.

Memo

An die Weggejagten
dieses Jahrhunderts und auch
der vergangenen denke ich
den Blick aus dem Fenster
in die Ferne
aus der ich kam
gerichtet flüchtig
manchmal

Altwerden

Die Welt ist müde
geworden wie
die alte Katze mit räudigem Fell
mit blindem Blick
müde ihr Schicksal erwartend
von dem sie
nichts weiß.

Hinter dem Fenster
im fallenden Glast eines flüchtigen Tages
die Augen geschlossen
müde und eingesunken
der Leib.
Jeder Atemzug
führt sie weiter fort
wohin
keine Träume folgen.

Mondnacht

Lebloser Klotz
Mond eisiger Nächte
der an bittere Märchen erinnert
an fremdes Gelebtwordensein
fern
wo die Menschen heulten
anstelle der Wölfe
über dem blassen Schnee
bis zum Verstummen darunter

Geborstenes Geröll
auf dem unsere Schatten
gelandet sind
und sich taumelnd bewegen
viel zu leicht
für die Last unserer Herkunft

auch dort sind wir hingelangt
wie immer dorthin
wo Leben unmöglich ist:

In Gleichnisse ohne Erbarmen

Witterungsbedingtes Gedicht

Hinauslaufen in die bodenständigen Wolken
und nicht wiederkommen
und nicht mehr aufgefunden werden
nicht als vermißte Person
als fehlende Zahl
als Kadaver
als Reprise ewigen Unkrauts
auch nicht
als unwägbare Anzahl
von Mineralien und Spurenelementen
die sich auf den Weg machten
als es noch
an der Zeit war

Die Herbstfeuer

Es riechen alle Feuer nach dem einen Brand,
der einstmals ganze Städte aufgefressen:
das flammte, loderte, verglomm und schwand:

zu allerletzt gelöscht mit unserem Vergessen.
Kein Menetekel mehr an irgendeiner Wand,
nur noch die kochbereite Hitze unterm Essen.

Ein Rauch und Schwaden von den Gärten her:
was grau und weiß aus Blätterhaufen quillt,
bringt mit dem Brandgeruch das alte Bild:
Es brennt die Welt sich selber langsam leer.

Vorwinter

Die Kälte
zu frühen Winters und die Nacht ist
was über uns hereinbricht
Fleisch
noch warm vom Anfassen
vom Griff in den künftigen Staub

Du bist allein
für ewig und ohne Berufung dagegen:
Der aufrechte Gang
mit gebrochenem Rückgrat als
einziges Vorbild und jedermanns Zukunft?

Bleib besser gleich sitzen
und betrachte das bebilderte Vakuum
pünktlich jeden Abend
zur gleichen Stunde
Das Leben verrinnt bemerkt genug
Wir hüllen uns ein
vor der Nacht
zu früh zu kalt
vielleicht nur in diesem Jahr

Blickwinkel

Die Augen hebend trifft dein Blick
ins ferne Blaue und ins nahe Grün:
Die ganze Welt ist nur ein Trick
den zu entlarven die sich mühn

von denen du dein Wort empfängst
das bei dir wohnt und spricht für dich
mit dem du stirbst noch eh du denkst:
Kein Wunder – vielmehr wunderlich.

Am Fensterplatz am Straßenrand
wo immer auch dein Standort sei:
Du bleibst zurück. Wie festgebannt:
Dein andres Schicksal fährt vorbei.

Nebel

Da herrscht der Nebel noch, wo ich meist lebe,
gestiegen und gefallen spät im Jahr.
Wenn es den Nebel nicht mehr gäbe,
es wäre gänzlich von Geheimnis bar
der karge Kreis, in dem ich gehe,
geweitet nur durch Fehlen jeder Sicht.
Allein durch Blindheit, wie ich sehe,
bedrückt mich die Begrenztheit nicht.

II. Mein Troja

Mein Troja

Die Tragödie schlief noch
in den Steinen der Stadt:
Ruhevoll standen die Theater
Universitäten und Schlösser
Aussichtstürme Museen Kolonnaden
Kaufhäuser Kirchen
Die Synagogen und Cafés
die Rathäuser und Kammergerichte
die Fabriken und die Mietskasernen
Remisen Lauben und Schuppen
und dazwischen gingen die Menschen
umher wie in einer Legende
ehe der letzte Satz gesagt ist:
Einmal noch leuchteten sie auf
in einem altertümlichen Glanz
um brandig nachzuglühen
wie Kassandra gewußt

Menetekel

Bevor noch jene einst berühmte Hand
hervorkam, um mit Flammenschrift –
war abgerissen die besagte Wand.
Von einem Menetekel, das wen wohl betrifft
ist daher hierorts nichts bekannt.
Es wurden außerdem zuviele umgebracht
um festzustellen: Ein Belsazar war dabei.
Es waren tausend, nicht nur eine Nacht
und alles Zählen störend das Geschrei:
Allein die Dunkelheit hat es vollbracht.
Am andern Morgen Babylon
wie jeden Tag. Wie uns zum Hohn.

Berliner Straße im Nordosten

Jene vielen geräuschlosen Abende
von keinem zusammengezählt.
Tageshelle
in Laternen aufbewahrt
für die Nacht.
In die verschachtelten Hinterhöfe
so sehr sie nach ihm verlangen mögen
seit er unbemerkt weggeführt wurde
kehrt unser alter Christus nie mehr
zurück. Stattdessen
immer die gleichen Gestalten
ärmlich und Frauen zumeist. Gesichter
gleich wieder vergessen. Sie selber
wissen ja nichts von sich
wollen nur leben
um den Preis des Todes
den sie austragen Jahr um Jahr
wie eine Zeitung für jedermann
durch die vielen stummen Abende
an denen die Welt gemütlich
unterzugehen pflegt.

Auf Brücken

Die Wasser sind
trübe geworden. Sie tragen nicht
länger unsere Träume.
Die Wirklichkeit
eine alte Frau
jedermanns Mutter
sitzt sprachlos und leblos
am Küchentisch vor den bunten Blumen
der Wachstuchdeckel und grübelt.
Sie ist
ins Exil geraten
vertrieben von lauter Fiktionen
und weiß nicht wie.
Nur etwas Unschuld ist ihr geblieben
nicht größer als ein Stück Seife
zum Händewaschen
nach klassischem Muster.

Vision an der Oberbaumbrücke

Berlin du späte Totenstadt
vergraut und still wie nie vorher
der Leiden und der Mühen satt
erwartungslos von Leben leer

so reglos und so voller Angst
schon aufgegeben von der Welt
da du um deine Tage bangst
als wär das Urteil nicht gefällt:

Du wirst versinken und vergehn
wie andre Städte einstens auch:
Berlin – auf Nimmerwiedersehn.
Verfall zu Staub. Steig auf als Rauch.

Während

Von einem Spaziergang am Abend
historisch datierbar: am 18. 5. 80
erzählte Jürgen Becker beim Frühstück.
Wie die Polizei das Amerika-Haus stürmte
während
behelmte und maskierte Personen vom Dach
Steine warfen.
Tränengasschwaden
daß er habe weinen müssen
während
der Straßenverkehr weiterlief und
Herren und Damen in Abendkleidung
mit Sektgläsern in den Händen
in der Pause draußen standen:
Theater des Westens.

Während
er über diese Gleichzeitigkeit
deren Bedeutung er nicht nennen könne
nicht hinwegkäme
wurde
der Tee vor ihm kalt
währenddem

Städtische Erfahrung

Inmitten einer gemauerten Sonnenuhr
haben wir die Vergänglichkeit
erlebt

Wenn in diesen kärglichen Straßen
der Tag sich sacht
über die Fassaden zog
und wir die betäubende Droge
ereignisloser Stunden
genossen
immer ruhiger dabei und ruhiger

Von Stockwerk zu Stockwerk
stieg von unten der Schatten
bis zu den rätselverhängten Mansarden
das letzte Gleißen
traf den umwitterten Schornstein
die verkrüppelte Fernsehantenne
die letzte Überlebende
eines langandauernden Abscheidens
das uns zwischen den Häusern da unten
so oft widerfuhr

Andere Feiertage

Durch Fußgängerzonen
durch verkehrsfreie Gelände eilig
zieht die Prozession: Es ist
Der Tag des Vergessens
ein Begängnis sondergleichen
ein Tag ohne Träume
und ohne Erwachen
Der Tag des geschlachteten Kindes
und der allgemeinen Kreuzung
Der Tag
öffentlicher Fruchtlosigkeit und
der Eröffnung neuer Brutstätten
Der Tag der Schierlingskultur
und des unendlichen Staubes
und des Tages
der der Nacht vorangeht:
Hinter den Fenstern Erleuchtung
für das Fest leblosen Daseins
Ein Kult für die Eingeweihten
Ein Mysterium von Tag zu Tag
bis zum jüngsten

Städtische Frühe

Das Licht spiegelt sich
in den starren Scheiben
und rührt bis zu Tränen
und täuscht hinweg über alle
die hinter Fenstern stecken
und sterben

Ach das Licht
spiegelt doch nur sich selbst
und treibt sein Spiel
mit dem Morgen
damit der keinen
von uns erkennt

Alltagsgeschehen

Als würden einem Botschaften
unter der Tür durchgeschoben
so verbreitet sich das Wissen
von der Zwecklosigkeit:
Öffnen Sie gar nicht erst
Bleiben Sie an Ort und Stelle
und erwarten Sie
weitere Nachricht

Die nächste kommt
als Komet: Übliche Ankündigung
von Pest und Krieg
wenn nicht als apokalyptisches
Frühstück
bestehend aus mehreren langsam
wirkenden Giften
in Form von Brot und Butter
von Kaffee mit Milch
ohne vorherige Warnung

Als vollmundiger Sprachbrei
als das Vergessen
der eigenen untrauten Person
mit Hilfe von Blei oder Druckerschwärze

Die letzte Warnung
erreicht dich
sobald du schon abwesend bist
und mit Zerfallen
beschäftigt

Suche

Sie suchten ihre Seelen und sie fanden
nur leere Plätze um die Jahreszeit.
Nur Raum und Regen war genug vorhanden
und keine Menschenseele weit und breit.

Die Geister hinter den Fassaden
die zählten nicht und schwiegen sowieso.
Was man nicht findet, kann auch keinem schaden,
denn was man findet macht nicht froh.

Zurück. Davon. Getrennt in Eile,
die Wege scheiden sich von ganz allein
nach einer langen jammervollen Weile.
Gefunden was? Doch nur Gestein.

Père Lachaise

Keine Stadt ist so steinern
wie Paris. Meilenweit
stolpert der Blick durch Geometrie.
Es bedrängt das rasende Geräusch
der Erinnyen dich
das immerwährende Rauschen
des verkehrten Jahrhunderts.
Den Rest von Natur hütet der Tod:
Gegen gefügten Granit
revoltiert das Grün aller Zeiten.
Zwischen entbeinten Namen
eine Bronzeskulptur:
auf den Rücken gestreckt
wie das Original.
Vom Schuß getroffen
damals zur Zeit der Commune
und eine staubgewordene Hand
dir den Hemdkragen öffnete
damit du leichter stirbst
unter sonst freundlichem Himmel.

Stiefmütterchen Revolution

Wieviele Kinder hat sie schon gefressen,
die eignen und die fremden auch.
Sie möchte, daß wir es aufs Neu vergessen
und zeigt auf ihren nimmersatten Bauch.

Ein bißchen Blut?! Das geb ich gerne,
damit sie frisch aus ihrem Grabe steigt.
Nur wäre besser, daß ich vordem lerne,
wie man ihr auch den Rückweg zeigt.

Ach, du Vampir, der erst als Taube
die Schwingen spannte über mich:
Zur Neige ist der gute Glaube
an deine Güte: Und an dich.

Etruskische Nekropole

Hier ist die Haut der Erde
abgeschürft.
Ihr verwittertes Gebein
zutage liegt es seit langen:
sie haben sich hineingezwängt
die Staubgeborenen
mit Meißel Hammer Sinn und Zweck:
so immerwährend selbst zu werden
wie ihr Lebensgrund
auf dem sie wenig Zeit bekamen
für ihr Sein zu sorgen.

Nun lächeln sie
auf Sarkophagen
als hätten sie es grade noch
geschafft
ein Stückchen von der Ewigkeit
herauszuschlagen.

Ein Gleichnis für keins

Eine Frau mit einem Besen
fegt das Pflaster: ein Tun
ohne Bedeutung ohne Beziehung
zur Kosmogonie
zur verzweifelten Suche
nach einem Sinn
im wirbelnden Staub

Müde aller Symbole
der scheinbaren Erklärung
ursprünglicher Rätsel
die unser Verständnis
nicht faßt

beobachte ich
die zusammengekehrten Blätter
die schon abgeschliffenen Borsten
die langsame Bewegung der Arme
die gebeugte Gestalt
befriedigt

Erinnerung an eine nie gesehene Stadt

Die Mauern und Kanäle stillte Regen
Fassaden schwiegen weil sie schliefen
Nur ein paar Schatten die mit trägen
Schritten kaum wahrnehmbar vorüberliefen

Jahrhunderte gehöhlt und aufgerichtet:
Die Straßen schienen nur für dich zu stehen
und trotzen dem was sie vernichtet
solange bis du sie gesehen

Du ahnst obwohl sie hinter dir zerfallen
ihr Fortbestehen an ganz fremden Orten
und suchst sie gierig dort in allen
anderen Städten und mit andern Worten.

III. Geschichtsbewußtsein

Geschichtsbewußtsein

Raschelndes Pergament
Folianten: In den Schichten von Staub
Schleifspuren von Rattenschwänzen
die zarten Abdrücke ihrer Krallen
Bildungshungrig
verschlingen sie aufbewahrte Jahrhunderte:
Den eilfertigen Vers des Dichters
Den Imperativ der Herrscher
Das blumige Adjektiv der Prediger
Steife Begriffe von Philosophen
Das Sein und das Nichts

unausrottbar

und widerlegen knabbernd
die Unantastbarkeit des Geistes
den Widerstand des Wortes
die sich am Ende doch
in schwärzliche Krümel verwandeln
trotz allen Lamentos
und trotz heftiger
chemikalischer Gegenwehr

Vorfall

Als ich das Buch aufschlug
in diesem Moment
schwirrten die Buchstaben
auf und davon: Mir blieb
das sorgfältig gebundene Vergessen

Sprachlos über die leeren Seiten
der Geschichte geneigt
wußte ich nicht mehr
was war was ist
wer ich bin
sein kann sein will
werde

Aufgeregte Schriftgelehrte
sprangen umher mit großen Netzen
brachten mir ihren Fang
und schütteten die ermatteten Reste
an den alten Platz zurück

Götterdämmerung

Nicht festzuhalten: Dieser Tag. Das Leben.
Gewebe löst sich auf und schwindet hin.
Was auch geschieht, du suchst den Sinn.
Zumindest wirst du danach streben.

Du kannst die Einsicht nicht ertragen:
Aus Dreck und Feuer eine Spottgeburt,
die haltlos durch das Universum tourt,
stets auf der Flucht vor solchen Fragen.

Erkenntnis die: Wir können uns nicht fassen.
Und finden keinen, der uns Göttern gleicht.
Und keinen, der uns Hilfe reicht.
Wir sind uns ohne Gnade überlassen.

Auflösung

1
Dieser Schatten
seitdem er über uns fiel
eine Art Vorhang
der sich langsam senkt
während das Publikum aufsteht
und die Akteure längst
das Schlußwort gesprochen haben

2
So verbreitet sich täglich
eine Ahnung
die morgens in den Briefkästen liegt
die unbekannte Tote
bleich und druckfrisch
ein in Wörter verwandelter Wald
ein Wunder
das keiner umkehren kann

3
Wir sollten fliehen
von hier nach da oder dort:
Soviele Punkte auf der Landkarte
aber zu winzig
um sich darin zu verbergen
und dabei hatte ich einstmals
die ganze Erde im Griff
und nun: Nichts in der Hand

Zum Start der »Columbia«

Der starre Blick der Basiliskenheere
vor jedem Aufstieg in die schwarze Sphäre:
Gleichgültig harrend auf die gleichen Worte
von den Gestalten in der engen Fähre:
Was immer – ob von ihrem fernen Orte
ob nur aus ihres Schlafes Todesschwere –
sie von sich geben an verbaler Leere:
Das als ein Ziel ist nie gewesen:
So Göttern gleichen. Ohne Spur von deren Wesen.

Befreiung

Zwerge
in glänzende Folie gewickelt
haben die Kuppel des Ptolemäus
gesprengt: Wir schwankten
unter dem Anprall von göttlichen
Bruchteilen.
Jenseits des himmlischen Scheitelpunktes
die hohen Bewohner
fielen als Unsresgleichen zu Boden. Und
über den Tierkreis machten
Metzger sich her.
Alle sieben Schalen der Weisheit vergossen
in die Kanalisation ihren Inhalt. Wir
seien befreit hieß es
aus dem Kerker des alten Kosmos
und in einem endgültigen Universum
kardanisch aufgehängt
und zur alsbaldigen Sterblichkeit
bestimmt.

Atlas, plebejisch

Eine machtvolle Last
krümmt dir den Rücken:
Über den Boden schleift
dein halbblinder Blick:
Kein Loch um sich zu verstecken

Einstmals
sollte alles ganz anders werden
Ein Palast war dir prophezeit
Für deinen Hintern ein Thron
Herrscher du in Schlaraffia
und alle deinesgleichen:
Aber wo die Welt erwacht
enden die Träume
nicht Mühsal und Müdigkeit

Falls du den Kopf hebst
begegnet dir ein Gespenst in Europa
vom Glockenschlag gerufen und
wieder vertrieben
niemand sonst als du selbst
sagenhaft unerlöst
Gegenstand bleibenden Mitleids
allen
die du trägst
von Gestern nach Morgen
von den Anfängen bis hin zum Ende
der Zeiten

Anteil der Arbeit an der Tötung des Affen

Nach langer Vorbereitung
auf die Vernunft
nach dem Abstieg vom Stamm
auf die Erde
nach Schutt und Asche und Staub
nach genialem Anfang
das kleinliche Ende

vermutlich am Boden
beide Beine zur Parallele geordnet
als Garantie der Unendlichkeit
die Brille unzerbrochen
das letzte Wort
eingetrocknet im Mundwinkel
aber im Ganzen rücksichtsvoll
und nur mäßig vergiftet und
durchschnittlich zerstrahlt

ein Opfer des Lebens
von dem du nichts hattest
als Hoffnung
auf ein bißchen Unsterblichkeit

Klassisches Experiment

Im Innern eines Labyrinths erwartet
dich einer, den du fürchtest doch nicht kennst.
Egal die Stunde, da du startest,
auch ob du zögerst oder ob du rennst.

Die Fingerspitzen melden nichts als Mauern
an beiden Seiten einer langen Dunkelheit.
Du selber spürst bei jedem Schritt ein Schauern,
dem Schlußpunkt näherkommend mit der Zeit,

von der wer weiß wieviel bereits verflossen
auf dieser Strecke bis zum Zentrum hin.
Erinnre dich des Lichts, das du genossen
vor deinem Eintritt in das Düster und besinn

dich, was es war, was dir verkündet
als Ende deines schweren Wegs zum Ziel:
Daß jeder sich als Minotaurus wiederfindet,
als Rätsellösung in dem Trauerspiel.

»Bemalte Schädeltrophäe
aus Papua-Neuguinea«

Sein Leib ist längst zerfallen
Den Kopf haben wir aufgehoben
und sorgsam gereinigt
Tonerde aufgetragen und bunt bemalt:
Lachfalten
für die Ewigkeit
Aber durch die Lippen
ein Pflock
Zwischen den Lidschlitzen nichts
Wenig Haar doch gekämmt:
Wie einer von uns
sieht der Feind aus
besiegt und bewahrt

Der alte Herr

Unter uns ist
ein blinder Passagier
versteckt unter wechselnden Namen.
Aus seinen Kleidern fällt die Asche
von Generationen.

Er kommt aus dem fernen Schweigen
seinem Meisterwerk
um auch uns dafür zu gewinnen.
Müde der unaufhörlichen Mühen
und deiner sieglosen Kämpfe
hörst du sein Versprechen
endgültiger Ruhe
empfänglich.

Der Mensch ist schwach also
warum nicht sich einrichten
friedlich in der Schwäche
und das Starksein
ihm überlassen?

Bald sitzt der blinde Passagier
am Ruder
kommandiert jetzt
und eine Galeere fährt gen Abend
ins Schwarze hinein.

Die Narrenschiffe

Vom Wahn befallen, tobend oder still,
sie werden mit Gewalt an Bord gebracht:
flußabwärts wie die Strömung will
befördert man die wehe Fracht.

Von den Gemeinden allzukurz geduldet,
von jeder Stadt erneut auf Fahrt geschickt,
ihr Schicksal exemplarisch, aber unverschuldet,
beängstet jeden, der solch Schiff erblickt.

Den Rhein hinunter, Richtung Niederlande,
trieb manche Ladung über Wochen hin:
ein Gegenbild der Welt für die am Rande
des Flusses und voll trübem Sinn.

Ein Anlaß für den Zweifel und die Frage:
Ob das nicht wahrer, was vorüberfuhr,
als unser Sein in bester Uferlage?
Am Meer verliert sich dieser Schiffe Spur.

Hagen und Siegfried

Sie sind die idealen deutschen Helden,
weil sie einander überschwenglich hassen.
Ihr Schicksal deutsch: in Rücken schiessen
und sich in seinen Rücken schiessen lassen.

Bruder Kleist

Legendenlast: du trägst sie schwer.
Du ahnst zuviel. Und wagst nichts mehr.
Die Welt verläuft. Du bist allein.
Und bist zugleich der Widerschein
von einem längst verwehten Geist
von dem du nur den Namen weißt.
Ein deutsches Schicksal: Was da tönt
ist stets ein Schuß. Bleib unversöhnt.

Deutscher Dichter, Güteklasse A

Befaßt mit sich selber
wie mit der Revolution:
Glanzvolle Verse über die Notwendigkeit
des Schreckens
Heldenverehrung hymnisch
Reimloser Ruhm den Kämpfern
aller letzten Gefechte
Fragen nach den Erbauern
des siebentorigen Theben
nach seinen Zerstörern keine
Urteile am laufenden Wortband
Ein Spiel mit der Sprache
auf willigen Tasten
hinter dem Rücken der Welt
aber die Hand
zurückgezogen
ist blutig

Monolog

Vergilbte Kupferstiche
in brüchigen Folianten zeigten
mich noch. Längst ist
meine Beschreibung in den Papiermühlen
verschollen. Warum
spricht man nicht mehr
von mir? Wieso
ist mein Bild aus den Blättern
verschwunden? Sogar
aus den Träumen der geschlagenen Menge
bin ich verstoßen. Seit langem
vergessen wurde ich
mir selber so fremd daß ich
nicht mehr weiß
wer ich bin oder war und was
diese Augenbinde soll
was Waage mir was Schwert.

Gesellschaft

Neben den üblichen Abgeschiedenen
in den unseligen Gefilden
unseres Erinnerns
besuchen uns Schatten
aus der Fremde:
Bannerträger vieler Hoffnungen
immer wieder
hinter einer Mauer erschlagen
namenloser als Isaak Babel

Sie würden Friedhöfe füllen
Meile auf Meile
wären sie nicht amtlich verweht
absichtlich unauffindbar
außer in unseren täglichen
Albträumen

Entdeckung

Das Gesicht der Macht
gleicht der etruskischen Gorgo
es lacht und bleckt die Zunge
während wir sterben.

Vorher jedoch
schien es anders: Besorgt
über unsere Gebrechlichkeit
und unsere Ängste.
Es beugte sich über uns
mit den Zügen des Heiligen
das Schwert gezogen
um den Mantel zu teilen
(unseren eigenen wie wir merkten)

und stieß uns die Klinge
für alle Zeiten
ins Gedärm

ohne Rücksicht darauf
daß wir eigentlich
für unsterblich galten

Grundlegung

Steine: behauen und herbeigeschleppt
Mühsal
von Äon zu Äon
für ein Haus für uns selber
Steine: gefugt und gemauert
von Morgen bis Abend
Tage die keiner gezählt hat

Den Mörtel gemischt mit Traum
den Mörtel vermengt mit Blut
den Mörtel bereitet mit Flüchen
und Bitten: Binde den Stein

zur Unterkunft
für eine glücklichere Endlichkeit

Dann traten wir ein
damals in einer jener erhofften
Künftigkeiten
über die Schwelle und hinter uns
schlug die Gittertür zu

Wortwechsel

Der Abgrund, der einst Fortschritt hieß,
von nichts als Worten überbrückt,
durch seinen Namen hoffen ließ,
entschleiert sich: Wie stets mißglückt
das Glaubensspiel, verloren fast
schon die Partie: der Einsatz fort,
dadurch gewonnen nur die Last
der Wahrheit über deinen Ort.

Exil

1
Dein Blick wird fremd: er geht und fällt
und trifft die Dinge nur noch schwach.
Da ist nichts, was ihn länger hält:
Ein Spiegelbild die ganze Welt,
darin dein Unheil: tausendfach.

2
Die Abendstunden eilen sich zu enden.
Dann Nacht und Nebel und kein Ton.
Du zwischen vielen fremden Wänden
verloren ja, doch nicht als Sohn.

3
Statt Hoffnung spricht zu dir das Schweigen:
Vergiß, vergiß – um morgen Früh
dich aller Wegen wie gewohnt zu zeigen.
Führt einer heim? Für dich wohl nie.

Bild

Wenn ich die Augen schließe
erblicke ich manchmal fremde Bekannte
in ihrem deutschen Jenseits
wie gemalt von Hieronymus Bosch.

Auf ihren Schultern
haben sich verschiedene Ausgeburten
häuslich eingerichtet
Lemuren
die manchem das Hirn aus dem Kopf stehlen
und allen das Herz aus dem Leib.

Die Münder aufgerissen
aber ohne Ton
weil die Leinwand dicht hält.
Sonst würde ich hören
was die Ärmsten rufen:
Daß sie nun alles wüßten
über das ausgeblasene Ei
das sie einschließt
das sie
nicht aufzubrechen vermögen.

Nachricht von Hinter-den-sieben-Bergen

Noch erreichen uns Briefe
auch wenn wir nicht mehr wissen
was darinnen steht
Die Klagen über das Wetter
tönen bedenklich
Jeder herzliche Gruß
ein Aufschrei
Jedes Post scriptum
ein Adieu für immer

Mit welchen Worten entgegnen
wenn alle bloß
bedeuten was sie meinen
und dort
wo sie entschlüsselt werden
wie ein nach außen gestülptes
Geheimnis klingen
einfach unbegreiflich
einfach

Meine gewesenen Brüder

Eine unheilbare Wunde
geben sie als Errungenschaft aus
ihre Schwäche als ihre Kraft
gebeugt unter den eigenen Waffen
Köpfe wie Gußformen:
die ausdruckslosen Mienen
für kommende Zeiten und Generationen
Modell: Weh dem
der einmal anders aussieht
Und ihr Lärm mit dem falschen Namen
Musik
ihre endlosen Reden
von Morgen bis Mitternacht

um das unstillbare Weinen
zu übertönen
dieses feine Geräusch
das jede Nachricht begleitet
aus dem Land
meiner gewesenen Brüder

Symbolisches Seestück

Dort hinten und drüben und
über alle Befürchtungen hinaus
ein treibendes Schiff
unter verlotterter Fahne
dauerhaftes Wrack
von den geprügelten Heroen
des Selbstvergessens bewegt:
Wer da mitfährt
ist in Gewahrsam. Die Aufstände
sind vergessen und nur ihr Verrat
lebt fort. Ach der Verdammten Gesichter
die ihrer Verdammnis
noch spotten:
Einmal ergreift jeden
die schwarze Woge
und schleppt ihn mit
und wirft ihn nieder
am Kap
der guten Hoffnungslosigkeit.

Stundenglas

Ein Land und irgendwann
in die Hand
von Toren gefallen
denen
rinnt es nur so durch die Finger
Menschen und
Menschen und
Möglichkeiten
unaufhörlich
bis die Zeit
abgelaufen ist

Jedermanns Land
vielleicht

Von drüben nach hüben

Jahre vergehen
bevor man wagt
sein Erinnern zu sichten.
Am Ende und Anfang war
weißt du noch jener Lastwagen
eine beräderte Zelle
entsprechend dem Ausgangsort
und aus seinen Luken entlud sich
Vergangenheit und wuchs rasch
erneut um dich rings: Uralte Dornenhecke.
Es dauerte Jahre
bis mein Blick von der neuen Umgebung
nichts mehr wahrnahm. Nur die Bilder
einst von der Wand genommen
um sie anderswo wieder hinzuhängen
sahen auf einmal
ganz anders aus.

Verlorene Söhne

Wir wandten uns um, um zurückzusehn
und sind nicht dabei erstarrt.
Wir haben geahnt: Das wird untergehn:
Ein Sodom besonderer Art.

Ein Abschied auf immer: Denn dessen bin
ich mir wie des Lebens gewiß.
Vergangen die Angst. Schau klaglos hin
auf die brennende Finsternis.

Es gibt nichts zu sagen. Kein einziges Wort.
Bloß: Die Ferne weitet sich aus.
Später vergeht auch der Name dem Ort
und heißt nicht länger: Zuhaus.

Wer lange in einer Legende gelebt
die mit der Zeit doch zerfällt,
dem bleibt, wonach er niemals gestrebt:
Nur Asche von seiner Welt.

Sisyphos 1982

Die Hand umklammert das Lenkrad
zählt Geld schlägt zu
wäscht die andere
läßt nicht los: »Das Einfache
das schwer zu machen ist«:
Den Stein endlich zurückrollen lassen
wohin er gehört.

»Bildungsreise«

In Frankreich weilend und in jener Gegend,
heut Perigord genannt, wo einst die Kunst begann.
In umfangreichen Höhlen mich bewegend,
sah ich mir deine frühen Bilder an.

Du bist ein Tier. Und bist es stets geblieben.
Dein vager Schatten lockt ins Dunkel mich.
Im Schoß der Erde sich zu lieben
verlangt der Ort: Für immer dich.

Lascaux

Hier waren wir vor fünfzehntausend Jahren
Von hier sind wir hinausgefahren
die Flüsse abwärts und die Seen querend
uns selbst vergessend und die Welt verheerend:
Das heimliche Geborgensein im Fels verraten
Statt eines Traumes lauter leere Taten
bis daß der Blick nach langen Zeiten
die Grotte wiedersieht: Die Stätte des geweihten
des Mitgetiers aus fernen Ewigkeiten
des unaufhaltsam ausgestorbenen Weggenossen:
Zieh deinen Kreis: er ist noch nicht geschlossen.

Abschied

Wir haben im Paradies gelebt
und haben es nicht gewußt
und aber werden es wissen:
Jenseits der fröhlichen Leiden
und nach dem traurigen Glück

Wir haben es nicht gewußt
weil es ringsum bestand
wie ein unbemerkter Gesang
für den unser Gehör nicht ausreicht
Wir haben im Paradies gelebt
ineinander verschlungen
und unter Bäumen gelegen
die abgeholzt wurden
unserer Erkenntnis zuliebe

Es ging verloren
und wir merkten es nicht
bis wir irgendwann
in einem alten Kalender blättern
und es zufällig sehen

Morgen

Das Licht ist jetzt so seltsam:
Gesicht in Samt gepreßt.
Du atmest Staub und Feuer
wenn man dich atmen läßt.

Herr Rilke ist gegangen
und brauchte keine Tür:
Ein Schatten ist geblieben
als wärs ein Stück von mir.

Zwei Handvoll leerer Worte
als Nahrung für den Tag.
Das Gestern kehrt nicht wieder
so sehr man es auch mag.

Die Kugel soll verfliegen
auf der wir alle stehn:
Ich bin an deiner Seite
und laß es doch geschehn.

IV. Verweile doch

Verweile doch

Mit der Schreibhand
den Moment festhalten:
Geschenk einer mitleidigen Uhr:
Dieses Glimmen hinter der Taggrenze:
Leuchtschrift »Natur«. Leichter
Atem durch Lücken im Gatter.
Bewegte Skelette ohne
Blätterkleid noch
Mannequins für alle Jahreszeiten
die kommen und gehen in einem sich Umwenden
das dich ignoriert. Und diese Lautlosigkeit
wie vor aller Geburt. Und der Blick
vor dem die Dinge sich enthüllen würden
wenn er sich selber vergäße.
Erdgrund
und kalter Schmerz
bei seinem Anblick: Du hältst
den Moment ganz fest
und er schleift dich schon mit
in Vergangenheit.

Psychologisches Gedicht

Vom Klirren der Gestirne unberührt,
von ihrer fernen Kälte nicht gefangen,
allein dahin, von nirgendwem geführt,
um nur nach Nirgendwohin zu gelangen:

Die Wege enden doch in Einsamkeit,
dem andern Land mit unsichtbaren Mauern,
wie außerhalb der allgemeinen Zeit,
als wolle es für ewig dauern:

Ein Reich, so recht von dieser Welt:
ein leeres Glas ist sein Erkennungszeichen,
es expandiert und steigt und fällt
durchs Universum sondergleichen.

Abendgebet

Nichts mehr Nichts mehr
Gebete enden und beginnen immer wieder
mit solchem Schrei: Das Leben
geht weiter: Die Zelle teilt sich
Bewegung geschieht und kommt
an kein Ziel: Wir fliegen
dem Nichtsein entgegen
dem Sirius zu
unter täglich gleicher Verrichtung:
Der sorglose Griff in die Tasche
der Blick auf den eignen Urin
auf Hunderte schnell vergessener
Buchstabenreihen
Der alte Fleck im Gemäuer
ausdauernder als Venedig vielleicht

Alles ist ringsum aufgestellt
gerüstet und zugerichtet und sinnlos
wie Aufstehen Umhergehen und Hinlegen
Nichts mehr Nichts mehr
außer der blinden Hoffnung
auf etwas
das doch ganz und gar
vergeblich wäre

Vergeblicher Versuch

Zu allen irdischen Qualen
noch diese: Das Wort nicht zu finden
Das Hirn von Stummheit erstickt
Der Blick abgekehrt und hinaus:
Reihen von Fensterquadraten
wie unlösbare Kreuzworträtsel

Unwillkürlich betasten die Finger
den Stoff
aus dem die Welt gemacht ist
billiges Material
nichts für die Ewigkeit:
Weder Fleisch noch Blut
weder Knöchel noch Adern
nicht einmal das grelle Papier
voller Erwartung voller Drohung
dich zu vergessen
gibst du ihm nicht das Wort
das dir fehlt

Ohne Pathos

Zu subjektiv – schreib es
nicht auf: Dieses jämmerliche Klagen
und es ist dennoch der Grundton
aller
Stetig andere Gesichter
stetig dieselben Sehnsüchte:
Einmal sein wie es sein müsste

Aufrichtig zum Beispiel und
wenigstens den baren Rest von Liebe
nicht in immer kleinere Münze
wechseln

Sich selber geben

Aus sich heraus
aus diesem maßgerecht vertrockneten
Lehmklotz
der höflich grüßt bevor er
in Gottes Namen oder dem eigenen
in ein paar vorgeschriebene
letzte Worte zerfällt

Barockes Gedicht

Nicht ein Gedanke, nicht ein Traum,
Nicht Blitz, nicht Helle, Schatten kaum,
was mir geschah an diesem Tage:
ein Nichts, worüber ich hier klage.
Selbst jener Riß durch unsre Welt,
aus dem sonst täglich Scheiße fällt
und Gift und Moder, Plunder, Kot,
sich heute wie erloschen bot.
Auch ich: erstorbener Vulkan,
umweht von Stunden, leer, vertan,
der Gipfel längst kein Göttersitz,
dem Haupt entflohen jeder Witz:
Kein Traum, kein Denken und kein Samen.
Verloren: Ich. In aller Namen.

Spiegelblick

Aus den geröteten Winkeln
wächst blutiges Netzwerk
um diese fehlfarbene Iris
Das Weiße schon leicht vergilbt:
Je länger der Blick
desto fremder: Er zeigt
mir nicht wer ich bin
Mein Auge verweigert die Auskunft
Nur die Tränen
wüßten Bescheid wären sie
nicht längst emigriert

Sei du mein Spiegel
nackt und wahr
bloß und bar
aller gläsernen Glätte

Gib meinen Blick zurück
ehe er
hinter deinen Lidern
verschwunden ist

Leben

Lange auf Brücken verharren
und hinabsehen bis das Geländer
davontreibt
In Träumen den Verschwundenen
wiederbegegnen
in der rettenden Höhle
des endlichen Schlafes
Eine Hand spüren
Eine Haut Einen Mund
Einen fremden Geruch

Heimkehren
in die biologische Wahrheit
Ehe das Mark zerfällt
Ehe jedes weitere Wort
unaussprechbar wird

Tiefseemuschel

Bewundernd musterst du, was Leben
aus Kalk und ohne Vorbild schafft.
Was steckt dahinter? Welches Streben?
Das ist die Hülle: Wo die Kraft?

Beliebt: Solch Stück ans Ohr zu halten.
Man hört nur Rauschen. Doch du bist bereit
beim Lauschen eine Ahnung zu entfalten:
So und nicht anders klänge Ewigkeit.

Corpus Delicti

Fremder als fremd und jedem
seine Leiblichkeit.
Unter der zufälligen Berührung
das eigene Fleisch wie unbekannt.
Schau an dir abwärts:
Eine blasse Halbkugel
wölbt sich
immer mehr vor
und versteckt dein Geschlecht
das dich besser kennt als du
sein heimliches Wirken
in die
beiläufig gezeugte Zukunft hinein

Wie deine Person sich anfühlt
bist du nur aus Gewohnheit
ein Gegenstand
des täglichen Gebrauchs und nicht einmal
des Bedarfs

Das weiß jeder Mörder
zum Beispiel
du.

Selbsthaß

Wenn Blicke töten könnten lebten
wir länger kaum als eine Stunde:
Auf diese Art und Menschenweise
so gingen aneinander wir zugrunde.

Wo ruhen wenn die freien Stätten
besetzt vom Schlamm der Worte liegen:
Wo angstlos atmen wenn die Lüfte
schon selber in den letzten Zügen.

Schon fallend müssen wir uns morden
als ob wir damit alles wenden.
Uns hält hier nichts. Mit diesem Wissen
entgleiten wir den eignen Händen.

Aussichtspunkt

Tagelang hinter dem Fernglas
aber: Keine Aussicht.
Keine auf Rettung.
Dann sehe ich dich.
Ich sehe dein Gesicht
hergewandt und fremd.
Die Brüste unbedeckt
den Körper vorgebeugt und
in der Bewegung erstarrt.
Ich sehe: Du bist
eine Fotografie. Oder ein Bild
aus einem Film
der nicht weiterging.
Ich habe die Vorstellung verlassen
wie ich mich erinnere
um fortzufahren mit meinem Leben.
Bis zu jenem Punkt
wo immer die Hoffnungen sinken
wo einem der Überblick fehlt
wo man ein Fernglas braucht
das einem nichts nutzt.

Perspektive

Falls die Dämonen uns so sähen
sie litten eher als wir es vermöchten:
Da wir in Menschensümpfen untergehen:
Fleisch stets bereit mit Fleisch zu rechten

um jede noch zu atmende Sekunde.
Und sie begriffen nicht das krude Sprechen
von Glaube Liebe Hoffnung aus dem Schlunde
des Abgrunds mitten im Verbrechen.

Vielleicht belegten sie uns mit Vergessen:
Daß nirgendwelche andern unser Beispiel fänden.
Daß niemals wieder jemand so vermessen
an keinem als sich selbst zu enden.

Die befleckte Empfängnis

Das Wissen
das nichts weiß
schwängert unaufhörlich die Erde
Fehlgeburten und Nachgeburten
bevölkern mit der Zeit Kontinente
sorgsam angeschnallt
sozial gesichert politisch aufgeklärt
Der allgemeine Zustand besteht darin daß
einige lachen einige sterben:
Je länger der Blick darauf fällt
desto weniger lachen
desto mehr sterben oder verwandeln sich
sonstwie in Zahlen

Das Wissen
das nichts weiß
hält die Überlebenden aufrecht
und macht sie tödlich väterlich
und tödlich mütterlich
Gegen ihre Unschuld
ist kein Kraut gewachsen und ein Wort
schon lange nicht mehr

Steckbrief

Ein jeder hat sein Jetzt und Einst.
Das Paradies: Was gestern war.
Worüber du im Traume weinst
erscheint dir morgens sonderbar.

Vergangenheit: Dein Kapital.
Du lebst davon und zehrst es auf
und frißt dich selber ratzekahl
in diesem deinem Lebenslauf.

Du Wesen das sich selbst verschlingt
mit Haut und Haaren gnadenlos
sobald man es zum Dasein zwingt
aus einem ahnungslosen Schoß.

Kurzfristig

Es gibt auch Leben oder was
man dafür hält in dieser Zeit:
Sehr wenig Liebe: Viel mehr Haß.
Und jeder eher todbereit.

Verwirrt: So treten sie hervor
doch ihre Richtung liegt schon fest.
Sie wissen es: Ein Jammerchor.
Bis man sie in die Tiefe läßt.

Was sie gewesen das zerfällt
zu Molekülen kurz beweint:
Die Lüge aus dem Mund der Welt:
Daß so sich alles wieder eint.

Nacht

In manchen Nächten
trägt mich der Schlaf
wie ein Gewässer
von Welle zu Welle.
Daß Sterbende schreien
mit unnatürlich hohen Stimmen
das habe ich nicht selber gehört
dieses Fiepen
und Überfahrene bluten oft
aus Nase und Mund
wenn man sie fotografiert.
Täglich verschwinden Millionen
die keiner kennt
ohne Handschlag und Abschied
unter Hinterlassung neuer Millionen.
Eine Nacht reicht schon aus.
Ein paar finstere Stunden genügen.
Zwischen verwehten Häusern und
seltsam klaren Ruinen
finden meine Füße wieder
festen Grund
bevor ich gleich aufwache
in völliger Dunkelheit.

Schlaf

Was hattest du je bessres fragt
die Stimme aus dem Sonstwo dich
und immer wenn es morgens tagt
kennst du die Antwort sicherlich:

Der Schlaf der einzig deiner war
ein Schneckenhaus darein du fliehst
gewunden fremd und sonderbar,
und das du hinter dir verschließt.

Ein Hades der ganz dir gehört
und trotzdem unerklärlich bleibt:
versuch es nur das Wort zerstört
indem es irgendwas beschreibt

was der Beschreibung sich entzieht:
Geheimnis das sich selbst bewahrt.
Ein schwarzes Licht. Ein stummes Lied:
Da ist noch mehr von dieser Art.

Erwartung

Ein Fächer der Tag
langsam entfaltet er sich
Stunde um Stunde
Jede zeigt die immer blässere Farbe
deiner Erwartung
(Eben war es eine Frau
jetzt der Ruhm
dann nur Geld und nun
der tröstliche Schlummer)
Morgen wie gestern und heute
Dein Auge mustert im Spiegel
die pulsierende Stirnader
besorgt
Ach du erwartest einzig noch
Schmerzlosigkeit
und daß nichts mehr kommt
außer der nächsten Mahlzeit
und der fremden Hand
die den Löffel führt.

Erfahrung

Dein Trost: Die Stimmen aus den Apparaten
voll tiefem Glanz und voll Versprechen.
Sie bleiben der Ersatz für Taten
und reden sanft von deinen Schwächen.

Es ist der Klang der falschen Nähe
der dich erhält und zwar: Am Leben.
Selbst noch das mörderische Wort: Vergehe
scheint dir als letzter Händedruck gegeben.

Erst wenn sie alle einmal schweigen
steigst du als Tier in dir empor.
Du blickst hinaus. Nichts ist dir eigen.
Nur das Entsetzen: Wie noch nie zuvor.

»Bilddokument«

Der Anblick stürmender Soldaten
und getroffener: Ihr Foto
wirkt wie gestellt
an solchem Abend wo wir
alle leben als sei das natürlich.
Es ist ein altes Foto
aus einem alten Krieg.
Selbst die ihn Überlebende
die Landschaft spräche jetzt
nicht mehr davon: Von diesen
Mengen zitternder Leiber
zu denen kein Weg mehr führt
den man weiß. Die Hand
berührt die vergilbende Schicht
und erreicht keinen mehr.

Namen

Ein Name fiel: Du warst betroffen.
Was er bedeutet weißt nur du allein:
Das Gegenteil von allem Hoffen:
Ein Synonym für Einsamsein.

Zuviele schon die dich begleiten
und jeder ist ein Abschiedswort.
Doch einmal kommen namenlose Zeiten
und wenig später mußt du fort.

Am Ausklang deiner oder aller Tage
sagt dir ein Name gar nichts mehr.
Und doch ist jeder eine Lebensfrage.
Die Antwort aber fällt dir schwer.

Nachwort
»Erkenntnis die: Wir können uns nicht fassen«

Zusammengefügt zu einer Bildkomposition, ein kleiner Zirkel lebloser Gegenstände, Schnittblumen, Früchte in Schalen, ein aufgeschlagenes Buch dazwischen, ein totes Stück Wild, entsprechende Draperien: Das ist es, was wir gemeinhin mit dem aus der Malerei genommenen Stichwort ›Stilleben‹ verbinden. Die Franzosen haben dafür den Begriff ›Nature morte‹ – ›tote Natur‹ –, und besonders in dieser fremdsprachlichen Transformation mit ihrem spezifischen Assoziationshorizont ist der Titel, den Günter Kunert seinem 1983 ersterschienenen und rasch in zweiter und dritter Auflage vorliegenden Gedichtband gegeben hat, aufschlußreich. Zu ›Unterwegs nach Utopia‹ und ›Abtötungsverfahren‹ – den beiden vorauslaufenden Lyrikpublikationen von 1977 und 1980 – markiert er eine abfallende Linie insofern, als er auf eine vertiefte »Trauerarbeit« verweist, wie es mit damals modischer Vokabel der Klappentext formulierte.

Schauen wir uns im ersten Kapitel des hier wiedergedruckten – also literarisch aktuell gebliebenen – Bandes, ›Auf dem Lande‹ überschrieben, das Einzelgedicht mit dem nun hier auch tatsächlich aufgenommenen ›Nature morte‹-Titel an:

> Fade Wiederholung:
> Dieser Abend eines vorigen und
> vorvorigen. Wieder täuscht Ruhe
> Frieden vor. Die völlige Respektlosigkeit
> der Bäume vorm Fenster verspricht
> dir Dauer.
> Aber am Horizont
> die Bläue und das bläßliche Gold
> das ist der ganze Gewinn.

Der Ausgangspunkt ist eine private Lebenserfahrung, die sich aber nicht zum sogenannten ›Erlebnis‹ verhärtet, sich nicht in der individuellen Lebenssphäre abkapselt, sondern durchlässig erweist für allgemeinere Sachverhalte. Im Ich-Moment mit seinem eigenen Erfahrungs-Interieur, wozu etwa die Gegensetzung von ›Innenraum‹ und ›Draußenwelt‹ gehört, vermittelt im Blick durchs Fenster, ist also der Zustand der Welt angedeutet. Der Schluß des Textes unterstreicht das nur:

> Am Ende sind die Taschen leer
> wie am Anfang. Und
> über das Fensterbrett zieht
> das apokalyptische Heer der Ameisen schon.
> Die nächsten Herren der Erde marschieren
> in gleicher Gedächtnislosigkeit
> auf deinen Spuren voran.

»Ausgesetzte Fehlgeburt / verwaist von Grund auf« oder »Aus Dreck mit Feuer eine Spottgeburt / die heillos durch das Universum tourt« heißt es zur existenziellen Bestimmung des lyrischen Ichs und – parabelhaft – für alle Menschen: »So Göttern gleich, ohne Spur von deren Wesen«. Diese desillusionierte, pessimistisch-nihilistische Grundhaltung wird – motivisch unterschiedlich nuanciert – in einer Vielzahl der Gedichte variiert, eskaliert zum Typus des geschichtsphilosophischen Reflexionspoems, dem im vorliegenden Buch ein eigenes, ›Geschichtsbewußtsein‹ überschriebenes Kapitel gewidmet ist, und hat natürlich ihre Vorgeschichte in früheren Publikationen des Autors.

Günter Kunert ist 1929 in Berlin geboren. Die Diskriminierung seiner jüdischen Herkunft durch die Nationalsozialisten überschattete seine Kindheit und prägte ihn in seiner Welterfahrung. Nach einem Ausbildungsanlauf als Grafiker an der Hochschule für angewandte Kunst in Berlin-Weißensee und ersten literarischen Debüts in Zeitschriften – etwa im satirisch-karikaturistischen ›Ulenspiegel‹, im ›Frischen Wind‹ – ist sein erster Gedichtband, ›Wegschilder und Mauerinschriften‹, 1950, in der frühesten Gründerzeit der Deutschen Demokratischen Republik im Ostberliner Aufbau-Verlag erschienen; ihm folgten: ›Unter diesem Himmel‹, 1955, ›Tagwerke, Gedichte und Balladen‹, 1960, und ›Das kreuzbrave Liederbuch‹, 1961. Hier und dort schlägt als lyrisches Vorbild Bertolt Brecht durch, den Kunert anfangs der fünfziger Jahre persönlich kennenlernte. Der Autor veröffentlichte in den sechziger Jahren in beiden Teilen Deutschlands – u. a. die Lyrikbände ›Erinnerung an einen Planeten‹, 1963, ›Der ungebetene Gast‹, 1965, ›Verkündigung des Wetters‹ und ›Unschuld der Natur‹, beide 1966, und – 1970 – ›Warnung vor Spiegeln‹. Er gewann mit diesen Publikationen in dichter Folge zunehmend an eigener lyrischer Kontur, was lebendige Auseinandersetzungen mit der Tradition nicht ausschließt: Stellvertretend seien Lenau und Heine oder – hier expressis verbis als »Bruder« apostrophiert – Heinrich von Kleist genannt. Immer wieder stößt man auch auf verdeckte und offene Auseinandersetzungen mit Goethe, Korrespondenzen, Zitat-Reminiszenzen und Anspielungen wie ›Verweile doch‹, so das Motto des vierten, abschließenden Kapitels in ›Stilleben‹: ›Goethe – stark verbessert‹ ist dann auch ein eigenes Gedicht-Kapitel in ›Berlin beizeiten‹ überschrieben.

Gastaufenthalte in den USA und Großbritannien Anfang und Mitte der siebziger Jahre und verschiedentliche Reisen öffneten Kunert neue Erfahrungshorizonte, immer wieder eingestreute oder eigens gesammelte Reisegedichte gehören daher fest zu seinem lyrischen Repertoire; in Anerkennung seiner Geltung gerade auch im Westen Deutschlands ernannte ihn die Westberliner Akademie der Künste bereits 1976 zu ihrem Mitglied. Wachsende Widerstände und Restriktionen aufgrund zunehmender politischer Skepsis gegenüber dem DDR-Regime hingegen – gerade auch in seiner Lyrik dokumentiert, beispielsweise in indirektdirekten Epigramm-Versen wie:

ALS UNNÖTIGEN LUXUS
Herzustellen verbot, was Leute
Lampen nennen,
König Xantos von Tharsos, der
Von Geburt
Blinde.

AUCH DIE WÜRMER
Haben ein Reich: das Erdreich.
Wer
Sonst dort leben will, muß
Tot sein.

UNTERSCHIEDE
Betrübt höre ich einen Namen aufrufen:
Nicht den meinigen.
Aufatmend
Höre ich einen Namen aufrufen:
Nicht den meinigen

–, sein Austritt aus der SED und seine couragierte, offen dokumentierte Parteiname für den ausgebürgerten Liedersänger Wolf Biermann schränkten seine Publikationsmöglichkeiten in der Deutschen Demokratischen Republik mehr und mehr ein; in den späten siebziger Jahren wechselte er definitiv in den Westen. Nach diversen Prosaveröffentlichungen und der Aufsatzsammlung ›Diesseits des Erinnerns‹, 1982, war ›Stilleben‹ sein erster Lyrikband der achtziger Jahre. Ihm folgten 1987 ›Berlin beizeiten‹ mit dem Spannbogen von ›Gleisdreieck‹ und ›Landwehrkanal‹ bis hin zum »letzten Gedicht über Berlin (...) Zum Abschied vielleicht eine Elegie / im Plusquamperfekt: Gewesen war. / Adressiert an den Wind. / Absender: Ein üblicher Narr«, und ›Lesarten, Gedicht der ZEIT‹, 1987, sowie zuletzt ›Fremd daheim‹, 1990. Über diverse Aspekte des bis dahin vorliegenden Œuvres informiert der von Michael Krüger herausgegebene Sammelband ›Kunert lesen‹, 1979; er enthält zum lyrischen Werk u. a. Aufsätze von Heinz Czechowski, Helmut Heißenbüttel, Fritz J. Raddatz, Hans Mayer, Rainer Kirsch, Gerhard Wolf und Gerald K. Zschorsch.

Vorbereitet ist in den vorauslaufenden Publikationen der sechziger und siebziger Jahre beispielsweise die Figuration Berlins als seltsam hermetischer Ort, hier nun – in direktem Vergleich mit dem alten Troja – fortgeführt zur »späten Totenstadt«, wie überhaupt eine starke Fixierung auf Endzeitliches und Apokalyptisches. Historische Lokalitäten wie ›Etruskische Nekropole‹ und der Pariser Fiedhof ›Père Lachaise‹ – mit Reminiszenzen an den niedergeschlagenen Aufstand der Commune – entfalten ein aktuelles Todes- und Sterbe-Signalement: »Dem rückwärts-gewandten Blick über die Zeit hinweg bis zum Horizont der Vergangenheit, wo schon nichts mehr so recht erkennbar ist, will es vorkommen, als sei der zurückgelegte Weg ein Irrweg gewesen, von

Wegweisern bestimmt, die wir mißverstanden haben; ein Weg, den wir bis zum Ende zu gehen gezwungen scheinen«. ›Positive Utopien‹, etwa die Hoffnung auf den ›Fortschritt‹ in der Geschichte, sind längst ausgetrieben; auf solche Weise ernüchtert, wandelt sich zwangsläufig die Selbsteinschätzung des Autors und mit ihr dann notgedrungen auch seine Auffassung vom Schreiben:

Gestern das Foto
in der Zeitung: Die Höhle
der Cumäischen Sibylle
leer:
Es gibt nichts mehr
zu künden.

Verloren gegangen ist der »gute Glaube« an die Revolution und ihre Segnungen, zu viele Kinder – fremde wie eigene – habe sie schon gefressen. Statt wie einst als Friedensbringerin ›Taube‹ erscheint sie dem Dichter jetzt als ›Vampir‹, und er merkt an: Am bißchen eigenen Blut liege es ihm nicht, daß sie wieder aus dem Grabe steige, aber besser wäre es doch, wenn man wüßte, »wie man ihr auch den Rückweg zeigt«.

Das läßt sich zum Zeitpunkt der Niederschrift einerseits als fortgeführte Auseinandersetzung mit der realsozialistischen Wirklichkeit in der DDR lesen, deren Herrschaftsapparat trotz zunehmender Kritik von innen nach wie vor ›revolutionäre Ansprüche‹ reklamierte, und bezieht andererseits sowohl Position gegenüber der politischen bzw. politisierten Lyrik der frühen siebziger Jahre im Westen Deutschlands – während und nach der Studentenrevolte von 1968/69 – als auch gegenüber jenem restaurativen Umschwung, der sich dazumal mit dem Regierungsantritt der Konservativen das Signet einer ›revolutionären Wende‹ zu geben suchte. Das apostrophierte Gedicht – ›Stiefmütterchen Revolution‹ –, das alles Zeug zu einem bleibenden literarischen Dokument unserer zeitgeschichtlichen Situation hat, wendet sich also gleichermaßen gegen die konkrete politische Bevormundung durch die in ihren Strukturen verhärtete SED im Osten wie gegen jenes »politische Bescheidwissen« und den aus ihm abgeleiteten Allround-Aufklärungsgestus, die seinerzeit in der Tendenzlyrik der BRD grassierten; erst recht steht es in offener Distanz zum betont restaurativen, nur noch den leeren Begriff der Revolution schwenkenden Ressentiment derer, die meinten, alle Zukunft allein und immer wieder aus der Rückerinnerung an den Wiederaufbau-Aufschwung und den wirtschaftlichen Aufstieg der fünfziger und frühen sechziger Jahre ableiten zu müssen. Kunerts durchgehende Desillusion, die ihn »in den unseligen Gefilden unseres Erinnerns« mit allen Geschlagenen, allen Opfern verbindet, »Schatten aus der Fremde«, und die Tatsache, daß er mit der Revolution Abschied von falschen Hoffnungen nimmt, die sich nicht erfüllen, ziehen eine deutliche Trennungslinie nach hier und dort und schützen ihn gegen jedwede falsche Inanspruchnahme von welcher Seite immer...

Kunert selbst kommt auf die Abkehr seiner weltanschaulichen Positionen von den Utopien der unmittelbaren Nachkriegsjahre, die er mit anderen teilte, und seine Wendung in die individuelle Skepsis und radikale Desillusion – werkgeschichtlich zu lokalisieren auf die »kopernikanische Wende« des Gedichtbandes ›Der ungebetene Gast‹ – in seiner Frankfurter Poetik-Vorlesung des Jahres 1981 (gedruckt 1985) zu sprechen, der er den Titel ›Vor der Sintflut‹ – aber als Untertitel, merke: ›Das Gedicht als Arche Noah‹ – gegeben hat. Auf der einen Seite also ein zeitkritisches Statement wie das folgende: »Nach dem Krieg und seinen globalen Schrecken schien die Annahme berechtigt, die Menschen hätten eine Lektion erhalten, aus der sie unabweisliche Konsequenzen ziehen würden. Die Ungeheuerlichkeiten des Dritten Reiches und der erste Atombombenabwurf sollten genügt haben, um den Verzicht auf jede Gewalt selbstverständlich zu machen. Wir glaubten naiverweise, es müsse von nun an sofort alles ganz anders werden. Worauf es zuallererst ankam, war, den Zusammenbruch zu überwinden, wiederaufzubauen, und nicht nur die zerstörten Städte, sondern vor allem eine bessere, nämlich freiere, gerechtere, friedlichere Gemeinschaft. Man empfand es als moralische Verpflichtung, sich dem Gemeinwohl zu unterwerfen. Die Utopie schien sich verwirklichen zu wollen«. Und – auf der anderen Seite – als notwendige Korrektur und Ergänzung: »(...) die Verwandlung der vielen in viele einzelne, und wiederum des einzelnen in einen seelischen und geistigen Krüppel. Wovon das Gedicht von da an auch immer sprach, der Gesamtzustand von innerer Leere und äußerlichem leerem Betrieb war stets mitgemeint. Nur außerordentliche Momente, extreme Situationen durchbrachen die Monotonie, deren Ablauf und Tempo von der Maschine bestimmt wurde. Wir haben uns schon der ›Grande Machine‹ unterworfen und erkennen vielleicht für einen kurzen Augenblick durch die ungefärbte Optik des Gedichts, wie sie immer mehr zu einer ›Doomsday-Machine‹ wird. Sie produziert alle uns übergeordneten Systeme, von denen wir eingesponnen werden; zuletzt bleibt eine ausgeblutete Hülle übrig, deren Inhaltslosigkeit wir bejammern«. Das unabweisliche Resümee – mit Konsequenz für das literarische Schaffen: »Der Kampf um so etwas wie eine ›Bessere Zukunft‹, für die unzählige Leute in Deutschland sogar ihr Leben hingaben, scheint ausgekämpft. Zum Schweigen verurteilt, richtet sich das Denken auf das bedrohliche Ende ein. Die letzte Aussicht scheint das Unheil. Nur das scheint noch sicher«. Exakt hier, meine ich, liegt der Grund für jene eigentümliche Melancholie, die als ›Phänomenologie des Absterbens, der Versteinerung, der Beziehungslosigkeit‹ das lyrische Œuvre Kunerts so in der Tiefe fundiert, daß sie alle aufstiebenden Energien in sich verschlingt.

In dem Maß, in dem Gegenwart und Zukunft nur noch als Vernichtung, Vergessen und Zerfall konstruiert werden können, wird der einzelne hoffnungslos auf sich selbst zurückgeworfen; in dem Maß, in dem er die Träume aufgibt und fahrenläßt, wird er sich selbst rätselhaft und dunkel. Dem entspricht auf der formalen Ebene ein spröder lyrischer Lakonismus, der die Aufschwünge ins allzu Artifizielle meidet und das Gedicht der Alltagsprosa annähert; für die Mehrzahl der Texte gilt: keine abstrakten Metaphern, keine Reime, sondern frappierende Gegenständlichkeit im staccato – und Wort-Schnitte, welche die Bögen der Sätze brechen und die Versenden von Zeile zu Zeile markieren. Zwar hat es in den das Buch einleitenden Gedichten den Anschein, als seien vor so eingefinstertem Horizont auch bescheidene Erfahrungen von Glück doch noch möglich – im ›Widmungsgedicht für M.‹ fällt in diesem Zusammenhang sogar die leicht altmodische Vokabel »Zweieinigkeit«, in ›Entrückt‹

begrüßt der Autor den ländlichen Bezirk (bei Itzehoe), in dem er nun schon seit Jahren zu Hause ist, wie eine Geliebte, selbst im modernen Babylon-Berlin gibt es Momente ›städtischer Frühe‹ -, aber diese Augenblicke sind zu privater Natur und daher zu zerbrechlich, als daß sie wirklich als Gegensetzung fungieren könnten. Wenn es heute eine poetische Rechtfertigung für die ›Idylle‹ gibt – so das Gedicht dieses Titels –, dann nicht in Aussparung der Schrecknisse, deren die Welt von Anfang an so voll ist, sondern nur in ihrer intensiven Vergegenwärtigung: ›Idyllisch‹ in diesem Sinne sind nur die Stille nach der Zerstörung und die gespenstische Ruhe unmittelbar davor. Diese Auffassung führt – übers Inhaltliche hinaus gerade auch in stilistischer Hinsicht – zum Bruch mit der Tradition, der das Lyrik-Genre trotz aller formalen Neuerungen der avantgardistischen Moderne so zäh verhaftet zu sein scheint, und zeitigt – auch dies ein Merkzeichen dieses bemerkenswerten Buches, das über sein Ersterscheinen hinaus lesenswert geblieben ist – Kontrafakturen dessen, was man vormals unproblematisch ›Natur-‹ oder ›Erlebnisgedicht‹ genannt haben mag, nun aber nur noch als Leerstelle einkreisen kann:

Ein Kreis von Federn gibt zu wissen
hier bei den Bäumen sei es dann geschehen:
Als Beute eingefangen und zerrissen
was du vordem im Flug gesehen.

Was so geendet das verdient Bedauern
weil es auf eine Weise doch betrogen:
Du ahnst auch über dir das Lauern
von Schatten – eh du selbst verflogen.

Karl Riha

Marlen Haushofer im dtv

Begegnung mit dem Fremden

Siebenundzwanzig zwischen 1947 und 1958 entstandene Erzählungen. dtv 11205

Die Frau mit den interessanten Träumen

Zwanzig Kurzgeschichten aus dem Frühwerk der großen österreichischen Erzählerin. dtv 11206

Bartls Abenteuer

Kaum stubenrein, wird der kleine Kater Bartl von der Mutter getrennt und muß sich in seinem neuen Zuhause einrichten. Zögernd beginnt er die Welt zu erkunden, besteht Abenteuer und Gefahren, erleidet Niederlagen und feiert Triumphe, wird der Held der Katzenwelt und in der Familie die »Hauptperson«.
dtv 11235 / dtv großdruck 25054

Wir töten Stella
und andere Erzählungen

»Marlen Haushofer schreibt über die abgeschatteten Seiten unseres Ichs, aber sie tut es ohne Anklage, Schadenfreude und Moralisierung.« (Hessische Allgemeine) dtv 11293

Schreckliche Treue. Erzählungen

»... Sie beschreibt nicht nur Frauenschicksale im Sinne des heutigen Feminismus, sie nimmt sich auch der oft übersehenen Emanzipation der Männer an...« (Geno Hartlaub) dtv 11294

Foto: Peter J. Kahrl, Etscheid

Die Tapetentür

Eine berufstätige junge Frau lebt allein in der Großstadt. Die Distanz zur Umwelt wächst, begleitet von einem Gefühl der Leere und Verlorenheit. Als sie sich verliebt, scheint die Flucht in ein »normales« Leben gelingen... dtv 11361

Eine Handvoll Leben

Eine Frau kehrt unerkannt in das Haus ihrer Familie zurück, das sie vor vielen Jahren verließ, um eine gar nicht so unglückliche Ehe und eine leidenschaftliche Affäre aufzugeben. Marlen Haushofer glaubt nicht an die Idylle. dtv 11474

Die Wand

Eines Morgens wacht eine Frau in einer Hütte in den Bergen auf und findet sich, allein mit ein paar Tieren, in einem Stück Natur eingeschlossen von einer unüberwindbaren gläsernen Wand, hinter der offenbar keine Menschheit mehr existiert. dtv 11607 (Mai 1992)

Thomas Bernhard im dtv

Foto: Isolde Ohlbaum

Die Ursache
Eine Andeutung

»Thomas Bernhard schildert die Jahre 1943 bis 1946, als er eine drückende, geistabtötende, zuerst nationalsozialistische, dann katholische Internatszeit erlebte ... Wenn etwas aus diesem Werk zu lernen wäre, dann ist es eine absolute Wahrhaftigkeit.« (Frankfurter Allgemeine Zeitung)
dtv 1299

Der Keller
Eine Entziehung

Die unmittelbare autobiographische Weiterführung seiner Jugenderinnerungen aus ›Die Ursache‹. Der Bericht setzt an dem Morgen ein, als der sechzehnjährige Gymnasiast auf dem Schulweg spontan beschließt, sich seinem bisherigen, verhaßten, weil sinnlos erscheinenden Leben zu entziehen, indem er »die entgegengesetzte Richtung« einschlägt und sich im Keller, einem Kolonialwarenladen, eine Lehrstelle verschafft ...
dtv 1426

Der Atem
Eine Entscheidung

»In der Sterbekammer bringt sich der junge Thomas Bernhard selber zur Welt, auch als unerbittlichen Beobachter, analytischen Denker, als realistischen Schriftsteller. Aus dem Totenbett befreit er sich, in einem energischen Willensakt, ins zweite Leben.« (Die Zeit)
dtv 1610

Die Kälte
Eine Isolation

Mit der Einweisung in die Lungenheilstätte Grafenhof endet der dritte Teil von Thomas Bernhards Jugenderinnerungen, und ein neues Kapitel in der Lebens- und Leidensgeschichte des Achtzehnjährigen beginnt. Bis schließlich sein Lebenswille die Oberhand gewinnt, bedarf es vieler schmerzhafter Erfahrungen.
dtv 10307

Ein Kind

Die Schande einer unehelichen Geburt, die Alltagssorgen der Mutter und ihr ständiger Vorwurf: »Du hast mein Leben zerstört« überschatten Thomas Bernhards Kindheitsjahre. »Nur aus Liebe zum Großvater habe ich mich in meiner Kindheit nicht umgebracht« bekennt Bernhard rückblickend auf jene Zeit.
dtv 10385

Alfred Döblin im dtv

Berlin Alexanderplatz
Roman · dtv 295

Die Ermordung einer Butterblume
und andere Erzählungen
dtv 1552

Ein Kerl muß eine Meinung haben
Berichte und Kritiken 1921–1924
dtv 1694

Der Überfall auf Chao-lao-sü
Erzählungen aus fünf Jahrzehnten
dtv 10005

Babylonische Wandrung oder
Hochmut kommt vor dem Fall
dtv 10035

Werkausgabe in Einzelbänden
Herausgegeben von A. W. Riley

Eine auf dreiunddreißig Bände angelegte, nach Gattungen chronologisch geordnete Werkausgabe der erzählerischen, philosophischen und kritischen Schriften von Alfred Döblin. Die ersten 13 Bände:

Jagende Rosse
Der schwarze Vorhang
und andere frühe Erzählwerke
dtv 2421

Die drei Sprünge des Wang-lun
Chinesischer Roman · dtv 2423

Wadzeks Kampf mit der
Dampfturbine
Roman · dtv 2424

Wallenstein
Roman · dtv 2425

Der deutsche Maskenball
von Linke Poot
Wissen und Verändern!
dtv 2426

Reise in Polen · dtv 2428

Manas
Epische Dichtung · dtv 2429

Unser Dasein
dtv 2431

Pardon wird nicht gegeben
Roman · dtv 2433

Der Oberst und der Dichter
oder Das menschliche Herz
Die Pilgerin Aetheria
Zwei Erzählungen · dtv 2439

Hamlet oder Die Lange Nacht
nimmt ein Ende
Roman · dtv 2442

Drama, Hörspiel, Film
dtv 2443

Briefe · dtv 2444